KB180872

한국 희곡 명작선 08

통일연극 시리즈 장막극 | 에케호모

한국 희곡 명작선 08

통일연극 시리즈 장막극
에케호모

최송림

평민사

죄송김

에케호모

등장인물

명철 / 군의관 / 교수 / 병사1 (명철의 아버지) / 병사2 (교수) / 여자 (술집) / 하사 (내무반장) / 친구 (명철의) / 어머니 (명철의) / 소년병 (인민군) / 당번병 / 여대생 / 통제관 (소리)

때

1971년을 기점으로

제1막

군대 의무과.
책상 위의 군용 전화기, 화병의 붉은 꽃은 필수적이다.

객석의 불 꺼지고 무대 어두워지면, 사격장의 총소리가 콩 볶듯 들려온다. 소총소리가 한창인데 통제관의 위급한 고함소리가 객석을 긴장시킨다. "우선 38번 사수, 총구 똑바로 햇!" 그 소리에 놀란 듯 총소리가 일제히 멈추고, 탕! 탕탕! 두세 발의 단발 총소리를 끝으로 무대 확 밝아지면, 군 의무과이다.

명 철 군의관님! 제발, 제발… 저를 내버려 두십시오.
군의관 진정해, 박일병! 이럴 때일수록 침착해야지. (꽃병의 꽃 향기를 맡고) 자넨 꽃말에 대해서 아는 게 많겠군?
명 철 …
군의관 장미는 사랑, 백합은 순결, 클로버는 행운, 아네모네는 사라져가는 희망…, 그리고 노란 꽃은 불길(不吉)이고, 자줏빛 꽃은 비애(悲哀)라던가?
명 철 … 들은 것 같습니다.
군의관 그럼 봄이 오면 산에 들에 피는 이름 모를 들꽃은 무엇일까?

명 철   모르겠습니다.

군의관   원래부터 꽃을 좋아했나?

명 철   꽃을 싫어하는 사람도 있습니까?

군의관   그런 사람도 있으니까 하는 말이지. 가령 최하사같이…
아참, 호박꽃도 꽃이냐는 말도 있잖은가?

명 철   여자 이야깁니까?

군의관   박일병은 입대하기 전에 연애 많이 해봤어? 멋쟁이 아
가씨에게 정열적인 꽃도 갖다 바치고…

명 철   설마 지금 여자 이야기를 하자는 건 아니겠죠, 군의관
님?

군의관   그것도 좋지. 남자끼린데 뭐 어때?

명 철   군의관님이 본마음으로 하시는 말씀이 아니라는 걸 전
잘 압니다.

군의관   최하사가 정말 그렇게 밉던가? 왜? 꽃을 싫어해서?

명 철   그런 것과는 전혀 관계가 없습니다.

군의관   박일병이 총구를 꽃병 삼아서 꽃꽂이를 즐기는데 최하
사가… 사실인가?

명 철   (자칫 유도질문에 넘어갈 뻔했다는 듯) 왜 자꾸 이러십니
까? 전 할 말이 없습니다.

군의관   박일병, 동기 없는 행위가 있을 수 있나? 어미 없는 새
끼가 존재한다고 봐?

명 철   (중얼거리듯) 맞습니다. 욕심이 죄를 낳았고, 죄가 둘레
둘레 철조망을 치고 분단을 낳았겠죠. (크게) 부탁입니

다. 군의관님, 절 그냥 내버려 두십시오.

군의관 방금 분단이라고 했나?

명 철 아, 아닙니다. 아무것도…

군의관 내버려 두면 자네는 어떻게 되는 줄 아나?

명 철 제가 저지른 행동에 대해선 어떤 대가, 어떤 처벌이라도 달게 받겠습니다.

군의관 (냉엄하게) 진실은 하나야, 오직 하나! 난 이번 사건의 그 하나뿐인 진실을 밝히자는 것뿐이야.

명 철 또 그 진실입니까? 진실, 진실, 진실…

군의관 나 역시 진실을 난도질하고 매도해 또 다른 진실을 날조할 생각은 없어.

명 철 여기도 저기도 진실, 너무나 도처에 흩날려 마치 한겨울에 흰 눈 풀풀 날리듯 거리에서, 찻집에서, 공원에서, 강가에서 풀풀거리는 그 진실 말씀입니까? 늘 내게만 등을 돌리는 힘센 진실 말씀인가요?

군의관 진실을 캐내려는 작업은 군의관이기 이전에 한 인간으로서의 순수한 인간 행위라는 걸 알아주기 바란다. (더욱 신념에 차서 일어서며) 인간은 누구나 진실을 밝히는데 그 행위의 최고 가치를 두어야 한다고 나는 믿어. 그래서 나는 인간으로서의 책무와 권리에 충실하고자 한다.

명 철 도대체 저에게서 무슨 진실을 찾아내시겠다고 진실, 진실 하시며 자꾸 이러십니까? 어디든 혼자 있게 해주세요. (마음에서 우러나오는) 군의관님의 인간적인 배려와

고마운 마음만은 죽어도 잊지 않겠습니다. (절규하듯) 진
실입니다!

당번병이 들어와 경례를.

당번병   충성!
군의관   뭐야?
당번병   넷, 군의관님. 두 시 십 분입니다!
군의관   (손목시계를 보며) 알았어, 나가 있어!
당번병   네, 알겠습니다. 충성!

당번병이 경례를 붙이고 나가면.

군의관   박일병은 말이야. 지금 주먹에 쥔 알사탕 한 알을 감추
기 위해 손을 뒤로 하고 있는 아이 같다는 느낌이야. 그
래서 얼굴은 내게 향하고 있지만, 난 박일병의 등을 보
고 있는 기분이라고나 할까? 왜 내게 등을 보이고 있
나?
명 철   (짐짓 마주보고 돌아선다)
군의관   자네, 개구쟁이 시절 생각나나? 초등학교 시절 여름
방학 때 말이야. 시냇가에서 물장구치며 맘껏 놀 수
있고… 여름방학 숙제 중엔 꼭 곤충채집이라는 게 있
었지?

명 철   네, 그런 시절이 있었지요.

군의관   박일병은 무엇을 잡았어? 메뚜기? 여치? 아니면 물방개?

명 철   잠자리, 매미도 잡았습니다.

군의관   그럼 나비는?

명 철   (도리질하며) 군의관님은 너무 잔인하십니다. 이 시간에 저를 붙들어 놓고 한가로이 어릴 적 이야기나… 이건 고문입니다. 절 좀 빨리 보내주십시오. 여기서 빨리 나가고 싶습니다.

군의관   여기서 나가면 어디로 가지?

명 철   영창에 간들 어떻고 감방살이를 하면 어떻습니까?

군의관   영창이 네 안방인 줄 아나?

명 철   피난처는 될 수 있겠죠.

군의관   (짐짓 이해하기 곤란하다는 듯) 피난을 영창으로 간다?… 단순히 영창생활로 끝날 것 같은가? 넌 사람을 쏘았어. 그것도 상급자를!

명 철   네, 각오하고 있습니다. 당연히 책임을 져야지요. 제 행동에 대한 벌의 무게를 달아주세요. 어서 제 몸에 주렁주렁 돌을 매달아달란 말입니다. 혹시 동정으로 이러신다면…

군의관   허무주의를 신봉하나, 박일병?

명 철   아무 말도 하고 싶지 않다니까요, 군의관님!

군의관   (단정적으로) 나는 확신한다. 넌 최하사를 일부러 쏘진 않았어! 나는 이번에 박일병의 그런 행위에 대한 원인을 기필코 알아내고야 말 거야. 그것은 어쩜 박일병을 시시각각 괴롭히는 박테리아, 그 병원체를 알아내는 어렵고도 고달픈 작업인지도 모르지.

명 철   요컨대 제가 중환자란 말씀이시군요?

군의관   이번 총기 사고는 네 영혼 속에서 부풀 대로 부푼 종기가 곪아 터졌을 따름이라구. (다정스레) 알겠나, 박일병?

당번병이 뭔가 말하려고 들어오는데 전화벨 소리가 요란하다. 당번병이 수화기를 들어 군의관에게 건네자, 군의관이 전화기를 받고 눈짓으로 당번병을 내쫓는다.
당번병이 마지못해 나가면 수화기를—

군의관   네, 의무괍니다. 충성! 의무과장 중위 손진욱입니다. 네, 연대장님, 예, 제가 지금 보호하고 있습니다. 그렇지만 잠시만 더… 참모회의가 끝나기 전까지는 제가… 네, 알겠습니다. 헌병대에 신병을 인계하는 거야 뭐 어렵겠습니까. 하지만 저 후송한 최하사의 치료 경과도 그렇고… 네, 알겠습니다. 제가 책임을 져야지요. 의사로서의 양심에 따르겠습니다. 네, 잘 알겠습니다. 네, 연대장님, 수고하십시오.

수화기를 놓는다. 의자에 앉지 않고 책상 앞으로 초조하게 걸어 나와 어깨라도 어루만져 줄 듯 하더니 방향을 바꿔.

군의관   자네도 전화를 들어서 짐작이 가겠지? 빨리 보내라는 독촉일세. 이젠 시간이 정말 없어. 연대 본부에서 참모 회의가 끝나기 전까지 박일병의 정신건강에 대한 군의 관으로서의 소견서를 제출하겠다고 연대장님께 보고를 했단 말이야. 아직도 동정이라고 생각하나? (허심탄회한 제스처로) 군의관이라고 생각하지 말고 그저 박일병보다 세상을 조금 더 산 인생의 선배라 생각해도 좋아. 아니, 형이면 어떤가? 아예 친구가 낫군. 그것도 아니면 인간 손진욱과 인간 박명철 사이라 해두자.

의자에 앉아 서류철을 꺼내들고 뒤적이며 사무적이다 싶게.

군의관   자, 다시 한 번 시작하는 거야. 부대원들은 분명히 잘못 알고 있어. 최하사에 대한 감정의 응어리가 심층 저 깊은 곳에 잠복되어 있다가 한순간에 분출, 폭발한 걸로. 마치 지뢰처럼 말이야. 오해할 만도 하지. 그러니까, 박 일병이 총구에 꽃을 꽂기 시작한 첫날에 내무반장 최하 사가 꽤 심하게 닦달했다지?

암전과 동시에 밝아지면, 동그란 조명 속에서 하사의 모습이 드러난다.

하 사 (경상도 사투리, 하지만 배우에 따라 딴 지방 사투리로 바꿔도 상관없다) 마, 총은 제2의 생명! 여자의 젖가슴을 만지듯 부드럽게 다루는 거다. 사랑하는 영자를 목욕시키고, 애정을 가지고, 구석구석 털고, 닦고, 조이고, 기름칠을 하여, 구석구석…

그 사이에 명철은 개인소총을 갖고 와 열심히 병기청소를 한다. 총구에 붉은 꽃이 꽂혀 있다.

하 사 봐라, 봐라, 봐라…

명 철 (깜짝 놀라서 총을 세우며 벌떡 일어나 차렷 자세로) 이병 박명철!

하 사 (속삭이듯) 문전만 쓰다듬지 말고 꽂을대로 구멍을 팍팍 쑤셔야지…

하사는 명철의 몸을 느끼하도록 은근히 더듬는다.
명철은 혐오감을 꾹 참으며 차렷 자세를 풀지 않는다.
하사는 총구의 꽃을 보고 생각난 듯 빼내.

하 사 늬 빠삐용 영화 봤제?

꽃을 사타구니에서부터 은근히 쓸어 올려 명철의 입에 물린다.
명철이 더 이상 못 참고 거절한다.

하 사 이 쌍년! 갓 전입해온 영계라 이 몸께서 특별히 이쁘게 봐주려고 했더니… 내무반장 알기를 뭐로 아는 거야! 벌써 몇 번째야, 이 가시내야.

명 철 전 여자가 아닙니다.

하 사 (본격적으로 트집) 박명철, 너! 신병 쫄다구면 쫄다구답게 놀아, 문디 가시내야! 총구가 꽃병인 줄 알어? 여기가 무슨 예비신부를 위한 꽃꽂이 학원인 줄 아느냐구? 그 따위 감상적인 소녀 취미로 무슨 전쟁을 하겠다고 군대에 왔노? 우리나라는 지금 휴전 중이야. 내일이라도 당장 싸울 준비가 되어 있어야 해. 그런데 한가로이 꽃꽂이 장난이나 즐길 수 있갔어? 군인에게 있어 총은 제2의 생명! (복부를 위아래로 쿡쿡 찌르며) 몰라, 알아, 알아, 몰라! 제2의 생명을 고작 꽃병 따위로 치부한다면, 그건 명백히 군인으로서의 자기 모독이고 수친기라. (몰아치며) 정신이 외출했어? 군인정신이 외박 나갔어? 기합께서 휴가 중이시냐구?

명 철 시정하겠습니다, 내무반장님.

하 사 (조금 풀어주듯) 도대체 총구에다 왜 꽃을 꽂아? 내가 입에 물려주는 꽃은 싫다면서… 마, 그 이유나 한 번 들어보자?

명 철 (어눌하게) 총기대에 나란히 진열된 중대원들의 소총들 속에 꽃이 핀 총 하나… 한눈에 확 띄어… 총 들고 집합할 때 제 총을 손쉽게 찾을 수 있잖겠습니까, 내무

15

반장님?

하 사　(기가 차다고) 우하하하, 뭐라카노 이 문디? 기껏 총을 잘 찾기 위한 표시라꼬? (화를 참듯) 총번?

명 철　(기합이 바짝 들어) 8! 3! 0! 6! 2! 5!

하 사　(과장스레) 우와, 문디. 우와, 문디 가시내! 이렇게 똑똑한 가시내가 고문관 노릇하나? 순 엉터리 가순아 앙이가? 총번을 알면 됐지, 뭐, 머라꼬, 꽃을 꽂아 제 총 표시를 한다구? 더구나 총 멜빵에 관등성명이 적힌 명찰이 부착되어 있는데도? 꼬나 박아!

명 철　이병 박명철, 꼬나박아 실시!

하 사　동작 봐라, 동작. 그 따위밖에 못하제? 원위치!

명 철　(복창) 원위치!

하 사　바지 벗어.

명 철　실시.

바지를 내리면 팬티차림이다.

하 사　동작 뜨제. 올려.

명 철　원위치.

하 사　(과장스레) 와아 미치겠네 고마. 마, 이 손이 안 보일 정도로 못하나? 내려.

명 철　실시.

하 사　올리고.

명 철　　원위치.

하 사　　내, 올, 내, 올, 내, 올, 내…

　　　　　　명철이 정신없이 '실시'와 '원위치'를 복창하며 따라한다.
　　　　　　바지를 내린 상태인데―

하 사　　동작 그만. 뒤로 돌아.

명 철　　(뒤돌아선다)

하 사　　꼬나 박아라.

명 철　　이병 박명철 꼬나 박아 실시!

하 사　　(명철의 엉덩이를 보고 짐짓 감탄하듯 꽃으로 문지르며) 와
　　　　　　아, 이 문디 가시나 궁디가 펑, 펑, 펑퍼짐한 게… (관객
　　　　　　에게) 마, 지금부터 간단한 궁디 체조가 있겠습니다. 좌
　　　　　　로 세 번 돌리고, 우로 세 번 돌리고…

　　　　　　명철이 '실시'를 복창하며 엉덩이를 돌리다가 쓰러진다.
　　　　　　그래도 다시 꼬나 박아서 우로 세 번 돌리려고 기를 쓰는 걸
　　　　　　보고.

하 사　　내사 마 궁둥이 마, 억수로 잘… (군홧발로 차며) 치아라,
　　　　　　마! (명철이 쓰러지자)

하 사　　원위치!

명 철　　(재빨리 일어나며) 원위치! (바지를 추스른다)

하 사 (놀리듯) 명철아, 명철아 명철아 명철아. 너, 지금 어리숙한 체하면서 누굴 바지저고리 만드는 거야? 너 혹시 데모하다가…

명 철 아, 아닙니다. 내무반장님의 말씀대로 우리는 언제라도 적과 싸워야 할 군인입니다. 사실은 그래서 꽃을…

하 사 (흥미와 기대…) 무슨 소리야?

명 철 붉게 타오르는 꽃송이는 흡사 총구에서 불을 뿜는 것 같잖습니까? 저절로 적의 접근을 막을 수…

하 사 (어이없어) 차라리 팥죽을 쑤어 처발라라. 적군이 역신이라도 되냐? 주제에 그 잘난 대학 다닐 때 처용무 탈춤반에라도 들었던 모양이지? 셔블 달 발기된 밤에 밤늦게 놀아나다… 야, 야, 박일병? 정말 너 왜 이래? 이제 막 데리고 달밤에 도수체조할 거야? 나하고 지금 건빵 따먹기 농담 붙었냐구? (뺨을 기분 나쁘게 토닥토닥 때린다)

명 철 (돌연 하사의 멱살을 틀어잡고 피울음을 토하듯) 꽃을 꽂아야 나비가 찾아서 날아올 것이 아닙니까? (허물어지듯 하사를 뿌리친다)

하 사 (당황하여 겁먹은 듯 뒷걸음치며 고개를 갸우뚱, 손가락으로 머리가 돌았다는 시늉을 해 보이며) … 아무래도… 의무과에 한 번…

암전되면 군의관이 동그란 조명을 머리에 이고.

군의관　솔직히 말해서 나는 바로 그 소문을 듣고 박일병에게 관심을 갖기 시작했지. 먼저 인사과에 가서 자네 복무 기록카드부터 훑어보았어. 하나, 소용없더군. 총구에 꽃을 꽂는 버릇의 성격 규명이랄까, 원인이랄까, 뭐 그런 걸 캐내기에는… 그래서 나는 박일병의 그것을 처음부터 병으로 단정한 셈이랄까? 그것도 일종의 병일 수 있다면 분명히 복합적인 발병 원인이 있을 거라는 내 나름대로의 판단이었어. 의사로서의 직감 같은 것이라고나 할까? 아무튼 그때가 언제지? 첫 면회를 부모님이 아닌 친구가 온 적이 있었지? 그때 자네는 면회를 거절했었잖나? 친구가 아니라 부모님이 오신다고 해도 일체 면회를 않겠다고… 그래서 나는 일부러 자네 친구를 만나봤어.

암전, 조명 속에 갇힌 안경잡이 친구가 나타나.

친 구　전 명철이가 입대하는 사실조차 몰랐어요. 우린 같은 대학에 다니지만 과가 달라, 고등학교 동창이면서도 그즈음 자주 못 만나는 편이었죠. 그런데 오랜만에 막걸리나 한잔하자는 전화가 왔어요. 마침 중간고사 전날이라 당연히 거절할 수밖에요. 허나, 녀석은 술 같은 거 안 마셔도 좋으니 자기 마시는 데 잠시 함께 있어만 달라면서 사뭇 생떼였어요. 그래서 할 수 없이 나가봤더니, 글쎄 아가씨를 앉혀 놓고 마시고 있잖겠습니까.

한쪽 술집에서 여자와 어울린 명철의 모습 드러나고, 여자는
젓가락을 두들기며 청승맞은 옛 유행가를 부른다.

친 구　처음 있는 일이었지요. 저로선 깜짝 놀랄 수밖에요. 녀
　　　석은 고약하게도 시험 때마다 자기 공부 다 해놓고 나
　　　를 불러내 술을 먹이는 데는 이골이 났지만, 아가씨까
　　　지 앉혀 놓고 그런 적은 한 번도 없었거든요. 저는 자리
　　　에 앉지도 않고…

술집으로 들어가.

친 구　내일 시험인데 잘 논다, 잘 놀아. 너 지금 정신이 온전
　　　하냐?
명 철　(씨익 웃고 장난기 없지 않게) 앉어. 흉물스런 장승처럼 서
　　　있지 말고. 약속대로 술 마시라고는 안할 테니까.
여 자　앉으세요. 하늘 내려앉고 땅 꺼지지 않아요? (술 주전자
　　　를 들고) 한잔 드세요. (외면하자) 바보, 에이고, 숨넘어간
　　　다.
명 철　하하하… 바보, 에이고 숨? 그래, 바보 에이고 숨이다.
　　　(여자와 잔을 정식으로 부딪치며) 비보 엘고 숨(bibo, ergo
　　　sum), 마신다 고로 존재한다! (술을 들이켜고 자조하듯) 하

긴, 내가 미쳤는지도 모르지… 어머니를 고발했으니까! 세상에 어머니를 고발하는 패륜아를 정신이 말짱한 놈이라고는 않겠지?

친 구 벌써 취했구나, 너? 도대체 누가 누구를 고발했단 말이냐? 빨리 일어나. 집에 들어가. 너 이러다가는 내일 시험이고 뭐고 다 망친다.

명 철 시험? 시험이고 나발이고 그 따위 소리 하려면 가, 가라구. 너 같은 공부벌레는 세상이 어떻게 돌아가든 말든 방구석에 처박혀 시험공부나 평생 하다가 늙어죽으려무나. 나는 그따위 공부 필요 없으니까.

친 구 야 이 자식아, 지금 누구 똥개 훈련시키는 거냐, 오라가라 하게! 좋아, 간다. 너 다시 봐야겠다. 세상에 내일 시험인 학생놈이 술집에 처박혀 어머니를 고발했다느니 어쨌다느니 주정하는 놈이 어딨냐? (여자를 힐끔 의식하면서) 여자까지 앉혀 놓고. 아주 구색을 갖췄구나. 창피한 줄이나 좀 알아라! 네놈이 가지 말래도 간다! 내가 이 꼴을 보고 앉을 것 같냐? 이제 너 같은 놈하고는 환갑, 진갑 다 지날 때까지 안 만나도 좋아!

친구 퇴장.

여 자 (친구 뒤에 대고) 흥, 공부 많이많이 해서 출세하면, 부디 우리 같은 중생도 굽어 보살펴 주시길, 흥!

막상 친구가 가 버리자 잠깐 우울해 뵈는 명철에게 기분전환을 시켜 준답시고.

여 자 　내가 춤 한 번 춰 드릴까?

명 철 　(기분을 회복하여) 얼씨구, 춤도 출 줄 알어?

여 자 　리바이벌은 없으니까 딱 한 번뿐이에요. (음향실을 향해) 언니, 음악!

한 서린 병신춤을 한바탕 멋들어지게…
병신춤이 어려우면 배우가 자신 있는 다른 춤이나 이상한 몸짓 등으로라도 웃길 수 있게. 감탄어린 눈으로 바라보던 명철이 춤이 끝나자 손뼉을 치고, 무릎 위에 앉혀.

명 철 　언제 어디서 배웠어?

여 자 　나도 몰라요. 특별히 누구한테 배운 기억은 없는데… 아주 어릴 적부터 춘 것 같아요. 고아원에는 별별 재주를 가진 사람들이 다 있었거든요.

명 철 　어딘데 거기가? 고향이 되겠군?

여 자 　지금 고향을 물었어요? (깨끗한 음성으로 노래) 나의 살던 고향은 꽃피는 산골~(별안간 곡을 바꿔) 고향이 그리워도 못가는 신세~(또 곡을 바꿔) 내 고향으로 날 보내 주~(간드러지게) 도대체 어느 고향 말인가요?

명 철 　대답하기 싫으면 안 해도 좋아!

여 자 어머니 자궁이라고 해둘까요?

명 철 왜 아버지 고환은 아니구?

여 자 호호호.

명 철 지금 몇 살이지?

여 자 토끼띠.

명 철 그럼 나보다 한 살 어리군. 난 범띠니까!

여 자 (천진난만한 노래) 산토끼 토끼야, 어디로 가느냐 깡충깡 충 뛰면서~ 하얀 토끼가 얼마나 예뻐요.

명 철 어, 토끼는 호랑이 밥인데? 먹히니까!

여 자 그럼 한번 먹어보세요.

여자가 윗도리를 벗고 유혹하듯 속살을 보이면, 명철이 격렬 하게 몸부림치듯 와락 끌어안는다. 그러나 왈칵 슬픔이 복받 치듯, 여자를 발딱 일으켜 세워.

명 철 이 새끼야, 우린 둘 다 6 · 25, 그 주검의 계절에 태어난 전쟁둥이란 말이야!

무대 암전되었다가 밝아지면, 원래의 위치에 돌아와 있는 친 구.

친 구 녀석은 다음날 학교에 나오지 않았습니다. 예상대로 시 험을 뻥! 공중에 날려버린 거죠. 얼마나 퍼마셨으면 시험조차 못 치르게 됐는지 한심한 생각이 들었어요. 헌데 그것이 아니더군요. 그날 마지막 시험을 끝내고 나오는데 뜻밖에도 강의실 앞에 엊저녁 술집에서 만난 그 아가씨가 기다리고 있지 뭡니까.

암전과 동시에 다른 편 조명 속에서 야한 차림에 핸드백을 든 여자가.

여 자 안녕하세요? 저를 알아보시겠어요? 몰라… 보시겠다? 설마, 하루만인데 그럴 리가 있겠어요?

친 구 (이때야 알아보고) 아, 네…

주위의 시선을 살피며 한쪽으로 데려가려 한다.

여 자 (뿌리치듯) 왜 이러세요? 나도 다 같은 학생이야요. 인생 대학의 제3 강의실! (노골적으로 젓가락 장단 맞추는 시늉을 하려다 참는다는 듯) 호호호…

친 구 (왠지 쩔쩔매며) 어떻게 여기까지…

여 자 … 알고 찾아 왔느냐구요? 어제 친구 되는 그 손님과 밤새도록 술 마시다가 알게 됐어요, 왜?

친 구 그 친군 학교에 안 나왔는데…

여 자 알아요.

친 구 외상 술값이 많습니까?

여 자   (웃음) 외상 술값요?

친 구   (태도를 수비형에서 공격형으로 바꿔 불쾌하다는 듯) 그런데 왜 학교를…?

여 자   기분 나빠요? 기분 나쁘기로 따지자면 내가 더 나쁘다구. 날 뭘로 아는 거야? 입대하는 젊은 싸나이가 여자를 샀음 여자 가질 생각이나 꾸역꾸역 해야지…

친 구   입대라니요? 지금 누구 이야기를…

여 자   (신경질을 팍) 숙녀가 이야기하는데 보리밥알처럼 톡톡 끼어들지 말고 잠자코 있어요. 흥, 숨 막히게 불끈 껴안고만 있으면 어쩌겠다는 거야? 그럼 난 뭐야요. 세상에 그런 모욕도 다 있어요? 허참… 좌우당간에 약 올리는 방법도 여러 가지라니까. 게다가, 밤새도록 어린애처럼 왜 훌쩍거리며 청승을 떨어요, 청승을 떨긴? 그래놓고, 내가 돈을 받을 수 있을 것 같아요? 내가 거지야요? 동정 받을 만큼 불쌍하나요? 나도 당당한 직업인이란 말야요. 세상엔 실업자가 얼마나 많아요. 왜 내가 멀쩡하게 공짜 돈을 받남요. (자랑스럽게) 이래봬두요, 나 곧 결혼해요. 비록 나이는 좀 들고 외팔이지만 시장통에서 기름집을 하는 의젓한 사장님이시라구요. (핸드백을 열고 지갑을 귀찮아서 던지듯) 이거 받아욧!

친 구   (얼떨결에 받는다)

여 자   본인 만나면 전해 주시고, 차라리 내 결혼식 때 부주나 두둑이 하라고 말해주세용! 바이바이, 아듀, 사요나라,

(가다말고 돌아서서 메롱, 약 올리듯) 안녕…

여자 퇴장. 암전.
무대 밝아지면 친구 원위치.

친 구 알고 보니, 녀석은 등록금을 집에서 받아 지갑에 넣고
다니면서 술독에 빠졌다가 군대를 자원한 것이었습니
다. 일찌감치 등록을 포기한 거죠. 그리고 입영통지서
를 받고 입대 전날 어머니를 고발 아닌 고발을 한 것도
사실이었던 것 같습니다. 저는 가장 가까운 친구라면서
도 그런 사실을 아무것도 몰랐던 것이죠. 그러나 어머
니의 고발 건에 관한 한 아직도 잘 모르겠습니다. 그저
아리송하기만 해요.

암전.
동시에 밝아지면 의무과.

군의관 (곰곰 생각하다 혼잣말처럼) 어머니를 고발한 아들의 입대,
총구의 꽃, 그리고 여자… 어떤 함수관계가 있을까?

명 철 (여자 문제쯤이라면 못 털어놓을 것도 없다는 듯) 여자… 그
러나 그 여자의 진짜 얼굴을 안 것은 어둠 속에서였습
니다. 지금도 그 여자를 생각할 때 떠오르는 건, 어둠뿐
입니다. 그 무엇으로도 벗겨낼 수 없을 것처럼 깊고도

무겁게 깔려 있던…

군의관 (관찰하듯) 어둠의 정체는 남자라면 흔히들 한번쯤 경험하는 그 동정을 잃은 데 대한 단순한 자괴감 같은 것이 아니었을까?

명 철 그런 거라면 벌써 대학 입학 기념으로 창녀촌에 할인요금, 단체 입장한 적이 있었습니다. 고등학교 동창놈끼리 말입니다. 그러나 그날 밤 그 여자와는… 군의관님! 저는 문득 밝아진 새벽을 의식하고 승냥이처럼 느껴지는 자신이 부끄러워 도망치듯 그곳을 뛰쳐나왔습니다. 지갑을 통째로 던져주고 말입니다. 통곡에 대한, 그 카타르시스에 대한 화대로… 그뿐입니다. 그것뿐입니다. 전 지금도 그 여자의 얼굴을 모릅니다. 어둠, 어둠… 어둠의 기억밖에 없습니다. 어둠 속에 떠오르던… 로스케, 되놈, 쪽발이, 양키… 그 야수들에게 난자당하던 기억밖에 없습니다. 그 여자는 제게 있어 여자가 아닙니다. 눈물입니다. 통곡입니다. 어머닙니다. 조국입니다.

군의관 그 여자와 무슨 일이 있었나? 그 여자에 대해서 좀 더 이야기 해보게. 자세하게…

명 철 (여태까지의 이야기를 털어버리듯 도리질하며) 그런 술집 여자 이야기가 이번 일과 무슨 상관이 있겠습니까? 부질없는 이야깁니다. 엄연한 사실은 내무반장님이 제 총에 맞았다는 것 아닙니까? 저는 군인입니다. 겨레의 생명과 재산을 보호하고 이 땅의 평화를 수호하기 위하여 싸워야 할 용사, 군인입니다. 기합을 받아도 싸지요. 그런데도 잠재의식에서든 계획적이든 결과적으로 내무반장님을… (자포자기하듯) 그런 걸로 처리하면 간단하지 않습니까. 일을 왜 어렵게 생각하십니까? 결론은 하납니다. 모두들 다 알고 있는 대로 말씀입니다. 더 이상 제게 무슨 변명이 남았겠습니까? 군의관님도 사선(射線) 뒤에서 보셨잖습니까?

군의관 그래, 나도 뒤에서 두 눈으로 똑똑히 봤기 때문에 이러는 거야. 담당 조교가 말하더군. 자네는 영점 사격 세 발을 탈 없이 잘 쐈다고. 그리고 기록사격도 세 발 중 한 발은 겨냥하자마자 정확하게 쐈다며? 중대장도 확인해 주었어. 만약에 최하사에 대한 감정이 있었다면 바로 영점 사격 때 무슨 일이 일어났어도 났어야 해. 최하사는 본부중대가 사선에 오르면서 사격장 근무 조교들과 함께 행동했으니까.

명 철 군의관님, 그건…

군의관 (강력하게) 끝까지 다 들어! 나도 본 것 같아. 아니, 나는 분명히 봤어. 자네는 탄알 세 발 중 단발씩 하나를 쏘고, 두 번째 방아쇠를 당기려 할 때 가늠쇠 위에 나비 한 마리가 살포시 앉는 것을! 콩 볶는 듯한 총성 속에서도 나비가 날아든다는 것은 거짓말이 아니면 기적 같은 일이지.

명 철 (핵심을 흐려놓듯) 글쎄요, 기적인지도 모르죠.

군의관 그거야 나비가 화약 냄새를 좋아하는지도 모르지. 어쨌든, 자네는 나비를 보자 갑자기 방아쇠를 당기지 못하고 몸이 굳어지는 것이었어. 나비는 잠시 앉았다가 날아가는 듯 했으나 다시 또 앉고, 앉았다가는 또 날고… 몇 번을 희롱하듯 그러다가 나비가 옆으로 날아가자… 그때 나는 내 눈을 의심했어. 갑자기 자네의 총구가 나비의 방향을 따라 옆으로 조금씩 움직이는 거야. 그 순간 내가 놀라서 뭐라고 주의를 환기시키기도 전에 벌써 통제탑에서 벼락같은 고함소리가 떨어졌어.

통제관 (소리) 우선 38번 사수, 총구 똑바로 햇!

군의관 통제관의 고함소리가 떨어지기 무섭게 조교 한 명이 달려들어 자네의 총구를 바로잡아 준다는 것이 그만 엉덩이를 걷어찼어. 발길질과 총성이 울린 것은 거의 동시의 일이었고, 그때 박일병은 놀라서 자신도 모르게 엉겁결에 방아쇠를 잡아당긴 거야. 공교롭게도 총성과 함께 옆쪽에서 다른 사수의 자물쇠를 확인하느라 여념이 없던 최하사가 피할 겨를도 없이 쓰러졌고… 결국 최하사는 박일병의 의지와는 관계없이 총알을 맞았을 뿐이야. 불운한 최하사의 일진이라 할까. 이건 순수한 오발 사건이지, 절대로 박일병이 최하사를 일부러 쏘진 않았어. 난 확신해.

명 철 (심경의 변화를 예고하듯 벌떡 일어나며) 군의관님!

그러나 무슨 말을 하려다 말고 도로 주저앉는다.

군의관   박일병! 말해 보게, 뭐가 두렵나? 내 말이 맞지? 근본적인 문제는, 자네의 엉덩이를 걷어찬 사격장 조교의 실수라기보다는, 그 나비, 나비가 범인이야! 나비가 범인임을 입증하는 거라구!

이윽고 결심한 듯-

명 철   … 좋습니다. 다 말씀드리지요. 신부님께 고해성사를 하듯이… 사형수가 교수대에 오르기 전에 마지막 종부성사를 드리듯 말씀입니다.

군의관   (고개를 끄덕이며 어깨를 어루만지고 격려)

명 철   그런데 무엇부터, 어디서부터 말머리를 시작해야 할지 모르겠군요. (말머리를 찾듯) 교정에 개나리가 흐드러지게 피었던 화창한 4월 어느 날이었습니다. 친구와 함께, 군의관님도 만나본 바로 그 친구 말입니다. (생각을 더듬듯 천천히 일어나며) 잔디밭에서 도시락을 까먹고 드러누워 한창 햇볕바라기를 하는데, 녀석이 벌떡 일어나더니 느닷없이…

암전되면,
동시에 한쪽에서 조명을 받고 친구가 나타나.

친 구 오후 강의 땡땡이치고 기찬 데에 가지 않을래?

명 철 (군복 위에 상징적으로 사복 점퍼만 걸치고) 어쭈, 웬 바람의 불었냐? 너 같은 착실 모범생이 그런 대만용을…

친 구 만용이든 방종이든… 진정한 창조력은 어밴든이지만 셀프컨트롤로 대치된다. 못 들어봤어?

명 철 난 주로 밤에 영어를 배워서 낮에는 잘 못 알아들어. 그래, (영어 투로) 교외선을 탈 겁네까? 서울을 탈출한 멋진 계획이라도 있느냐구?

친 구 님도 없는데 멀리까지 뽕따러 갈 일 있어? 무슨 재미로 교외선을 타? 사범대학하고도 국어 교육학과에 도강이나 가자.

명 철 자유분방이니 셀프컨트롤이니 하고 거창하게 나오더니…, 네 주제에 강의실을 벗어날 수 있겠어? 뻔할 뻔… 거기도 강의하는 데잖어, 인마. 번지수가 틀리다 뿐이지. 헌데 하필이면 왜 거기냐?

친 구 어휴, 이 밥통… 척하면 모르겠니? 유언비어, 유비통신, 카더라 방송… 뭐 그런 시쳇말도 못 들어봤어?

명 철 그 과에 여학생들이 많다카더라. 모두 너나없이 예쁘다카더라. 그 카더라 방송?

친 구 그래그래, 알았음 찍소리 말고 따라만 오셔. 한 시간을 공부하더라도 꽃밭에서 한번 해보는 거야!

명 철 (맞장구) 그럼, 그렇구말구.

친 구 짜아식, 되게 좋아하긴!

명 철 좋아하긴 누가 더 좋아하는데? 엉큼한 녀석, 진짜 이유는 딴 데 있지? 여학생 하나를 점찍어 놓고, 짝사랑하고 있는 거지?

친 구 짝사랑 같은 소리하고 있네!

명 철 그 여학생 꽁무니에서 강의를 듣고 싶은데 혼자서는 용기가 안 나니까 나를 끌어들이는 거 아냐, 인마. 내가 그걸 모를 줄 알았어?

친 구 친구 좋다는 게 뭐야. 좀 도와주면 어디 덧나냐?

명 철 좋아. 그런 류의 꿰임이라면 알고도 속아주고 모르고도 속아줄 용의가 넉넉히 있으니까.

친 구 아니, 네놈이 외려 더 귀가 쫑긋해진 것 같은데?

명 철 뭔가 멋진 일이 시작될 것만 같은 정체모를 기대감에 가슴까지 다 설레이고 말씀이야…

두 사람은 완전히 의기투합하여 희희낙락, 낄낄대는 소리와 함께 어둠속에 묻히고, 여학생들 재잘대는 소리와 함께 무대 밝아지면 강의실에서 교수가 등을 보이고 칠판에 글씨를—

＊詩의 이해
－ 이 사람을 보라

여기
동족상잔의 전쟁터에서

한 병사가
고요히 숨졌느니…

두 사람이 들어와 여대생 뒤에 나란히 놓인 빈 의자를 찾아
주위를 둘러보며 앉는 명철과 친구의 감탄어린 표정, 행동…
명철이가 여대생 바로 뒤에 앉으려 하자 친구는 명철이를 밀
쳐내고 앉는 등…
판토마임이 웃음을 자아내게 한다.

명 철 (관객을 향해 돌아서서 소곤대듯) 정말 눈부신 꽃밭인데?
친 구 한껏 다듬고 매만져 각기 독특한 향기를 뿜는 갖가지
꽃들… 장미, 백합, 튤립, 해바라기, 달리아, 사루비
아… 저기, 호박꽃!

관객의 웃음소리 터지면, 교수가 뒤돌아본다. 두 녀석들, 얼른
자리에 앉는다.

명 철 남자라곤 우리 두 녀석과 교수님을 포함하여 몇몇뿐이
잖어. 그럼 당연히 호쾌한 호랑나비가 되어야 할 텐데
영 그게 아닌데?
친 구 꼭 머저리만 같은 게 그저 낯간지럽지, 그치?
명 철 좀 과장하면, 아마존 상류엔가 어디엔가 옛날 있었다던
여인왕국에 길을 잘못 들어 찾아왔다가 여자들에게 포

위된 얼간이 여행객 같기도 하구.

교수가 시끄럽다는 듯 뒤돌아본다.
두 녀석들의 시치미.
교수 무심코 다시 칠판으로…
잠시 후 의아한 듯 다시 돌아본다.
명철이와 눈이 마주친다.

명 철 (마음의 소리, 곤란하다고 관객에게) 왜 나만 쳐다보지?

교 수 (마음의 소리, 명철의 생각에) 네 이놈들, 내가 다 안다, 다 알아! 지금 네 녀석들이 게 앉아 있는 이유와 목적이 무엇인지!

명철이 교수의 시선을 피하자 교수는 몹시 상기된 얼굴로 다시 칠판으로.
명철은 나가버리자고 친구에게 곁눈질…
친구는 여학생의 뒤통수만 넋 놓고 바라보고 있다.
명철이가 옆구리를 쿡 찌른다.
친구는 능청스럽게 앞만 보고 열심히 강의를 듣는 체 시치미를 뗀다.
명철이가 한방 쥐어박는 시늉을 하는데,
끝내기 수업을 알리는 차임벨 소리.
교수는 돌아서서 분필을 탁 놓더니 왠지 흥분된 표정으로-

교 수   나의 이 자작시는 다음 시간에 계속하겠어요. 저기 여
학생 뒤 안경 쓴 학생 (친구가 엉거주춤 일어서려는데) 옆
에 앉은 학생 일어나 봐요.

친구가 좋다고 도로 앉고 명철이 일어서며.

명 철   저, 말씀입니까?

교 수   무슨 과 누구지?

명 철   (수많은 여학생들의 낯선 시선과 대결하듯 필요 이상으로 열
을 올려 조금은 불량스럽고 시건방지게) 네, 호텔 경영학과
2학년 박명철입니다. 같은 학교 학생으로서 도강도 죄
가 된다면… 법대로 하시죠.

강의실 여기저기서 웃음소리.

교 수   (불호령) 냉큼 연구실로 따라와요!

허겁지겁 앞장서 나가면, 명철과 친구 슬금슬금 눈치를 보다
가 줄행랑친다.
명철은 그대로 퇴장하고 친구는 뒤돌아 와서 여학생에게 남
몰래 연애편지 쪽지를 찔러준 후 짐짓 부끄럽다고 괴성을 내
며 도망치듯 퇴장.
여대생, 콧방귀를 뀌며 펴보지도 않고 쫙쫙 찢어버리며.

여대생   (도도하게) 흥, 별꼴이 반쪽이야!

암전.

명 철   (동그란 조명 속에서) 그날은 줄행랑을 처버렸지만, 이튿
날 저희 과 조교를 통해 그 교수님의 단독 호출을 받고
는 어쩔 수 없이 찾아가지 않을 수 없었습니다. (비탄조
로) 한 발, 한 발… 교수님의 연구실로 향하는 발걸음이
야말로 제 운명의 중요한 일보였는지 모릅니다. 그 걸
음의 잔을 피할 수만 있었던들, 찬란한 봄날은 제게 있
어 잔인한 4월이 아닐 수도 있었을 것을.

제 2 막

대학 교수 연구실이다.

관객들이 충분히 볼 수 있는 위치에 나뭇등걸 하나 특히 눈길을 끌게–

나뭇등걸 자체에는 칼끝으로 서툴게 내리 빗겨 쓴 글씨,

〈고요하다〉

이 글씨를 떠받치듯 옆으로 'ECCE HOMO' 고딕체로.

이 위에 병사가 소총을 거꾸로 메고 하늘을 우러러보는 모습의 조각상! '에케호모상'이다.

무대 밝아지면, 파이프를 문 교수가 창가에서 먼 하늘을 바라보듯 망연히 에케호모상을 바라보며 생각에 잠겨 있다.

노크소리, 땅땅땅!

교 수　들어와요.

명철이 들어와 가볍게 목례한다.

사이.

교 수   (왠지 허둥대며) 그래, 자네가 박명철?

명 철   네, 어젠 죄송했습니다, 교수님. (코가 발에 닿도록 고개 숙여) 용서해주십시오.

교 수   (맞은편 자리를 권하며) 거기 앉게. (한참이나 물끄러미 쳐다본 후) 됐네. 그만 돌아가게!

명철이 좋아라고 더 크게 절하고 껑충껑충 뛰듯 앙감질해 나간다.

이후 버릇처럼 무의식적으로 빈번하게 하는 앙감질은 민족 분단을 상징한다.

교수는 몇 걸음 안타까이 뒤따르다가 돌아서며 시선을 에케 호모상에 가져가는데, 깜빡 암전됐다 밝아지면, 똑같은 상황의 반복으로 노크소리.

교 수   네, 들어와요.

명철, 들어와 가벼운 인사.

사이.

교 수   응, 자네 왔구먼. 앉게!

명 철   괜찮습니다.

교수가 앉으라고 손짓하자 명철이는 마지못해 앉는다. 그런 명철을 한참이나 물끄러미 바라보던 교수…

교 수 됐네. 돌아가게!

명 철 안녕히 계세요.

의아해하며 나가는 명철을 문까지 바래주고 돌아서 시선을 에케호모상에 가져가는데, 암전.
무대 밝아지면, 전화기에 다가가 다이얼을.

교 수 아, 나요. 박군을 한번만 더 불러달라고 했는데? 조교를 보냈다구요? 올 때는 주민등록증을 갖고 오라고 했는데? 학생증은 분실한 모양입디다. 아, 네, 하하하, 이거 정말 매일 죄송하외다.

수화기를 놓고 기다리는데, 노크소리.

교 수 들어와요.

먹먹한 표정으로 들어오는 명철.

교 수 앉게.

여전히 물끄러미 바라보며 무언가 말할 듯하다가 차마 사실을 확인하기가 그렇게도 두려운지.

교 수 됐네, 돌아가게!

명 철 (항의하듯) 교수님, 지금 뭐하시는 겁니까? 벌써 사흘쨉니다. 부르셨다면 불손하고 무례한 뺑소니 도강생이라 호통을 치시든지, 이게 뭡니까? 이것도 일종의 벌입니까? 기합주시는 거예요? 아참, 주민등록증이 필요하다고 하셨죠? (주민등록증을 내밀며) 자, 여기 있습니다. 얼마든지 보십시오!

주민등록증을 받아 들여다보는 눈이 놀라움으로 커지면, 쾅! 충격적인 음악에 맞아 조명이 시들 듯 암전.
조명이 다시 생기를 찾아 밝아지면, 그동안 무슨 이야기가 있었던 듯 교수가 주민등록증에서 눈을 떼지 않고 옛 사진을 찾으며.

교 수 내 말이 믿기지 않겠지? (책갈피에서 사진을 찾아 건네며) 자네 아버지와 함께 중대 막사 앞에서 찍은 걸세. 빛바랜 옛 사진이지만, 자세히 보게나…

명 철 (사진을 받아 들여다보며) … 그럴 리가… 그럴 리가 없습니다. 무슨 말씀을요. 저희 아버님은 집에 계십니다. 몇 해 전에 혈압으로 쓰러지신 후 운신하시는 데 얼마간

불편을 느끼시긴 하지만… 그래도 잡수시는 거 다 잡수
시고, 누구 도움 없이 화장실 다니시며, 살아 계십니다.

교 수 (역시도 믿기지 않는다는 듯) 세월의 갈피 속에 꽁꽁 감춰
뒀던 비밀인데, 그리 쉽게 믿을 수 있겠나?

명 철 저희 아버님 박동열씨는… 제 주민등록증에도 호주가
분명히 박동열씨, 맞잖습니까. 헌데 제 얼굴이 돌아가
신 아버지를 닮았다니요?

교 수 올해가 1971년이니까 어느덧 사반세기를 눈앞에 두었
군.

명 철 (기가 차서) 밑도 끝도 없이… 제게, 그럼 여분의 아버지
가 또 한 분 계셨다는 겁니까? 교수님, 전 도무지 무슨?
(새삼스럽게 사진을 보며) 아니 이럴 수가… 제가 봐도 저
와 너무나 같군요.

교 수 정말이야. 처음 자네를 강의실에서 보는 순간 나 역시
너무 놀라 하마터면 고함을 칠 뻔했다네. 나는 잠시 살
아 있는 자네 아버지로 착각했을 정도였으니까.

명 철 (운명감을…) 그럼 전 누구죠? 저를 닮은 아버님께선 벌
써 돌아가셨다면… (작은 절규로 바뀌어가며) 지금 계시는
아버진요? 제 삶 속에 아버지가 바뀐 것 같은 기억이라
곤 전혀 없는데, 지금 계신 아버지는요?

따지듯 똑바로 응시하자, 교수가 난감하게 바라보다가.

교 수   그러고 보니 언젠가 교문을 나서는 자네를 택시 속에서 얼핏 본 듯도하이. 차를 세우고 뛰어가 찾았으나 그새 없어졌더군.

명 철   전 먼발치에서 교수님을 자주 뵈었습니다만…

교 수   그랬었군… 아무쪼록 설마, 행여나… 했는데… 나는 자네 아버지를 그 긴 세월 동안 잊은 적이 없다네. 아직도 난 그날 그 강의가 어떻게 끝났는지 모르겠군. 내가 너무 경솔한 게 아닌가 싶어 헛걸음을 몇 번 시킨 건 미안하네. 오늘에야 마음의 확증을 얻고 혹시나 해서 주민등록증을 보기로 한 거야. 그때 자네 아버지가 불러준 그 주소와… 자네는 유복자일세. 50년생 맞지?

명 철   (얼이 빠져 고개만 끄덕이고, 교수의 이야기에 차츰 빨려든다)

교 수   그래, 맞겠지. 자네 아버지가 전쟁터로 나올 때 이미 아내가 임신한 사실을 알고 왔다고 했었거든. 그 사실이 그렇게도 든든하다고 두고두고 말했었다네. (회상에 젖어가자 아련한 꿈결처럼 잠시 들려왔다가 사라지는 포성)

포탄이 비 오듯 퍼붓는 전투와 전투 속에서도 잠시 휴식을 얻으면 화랑 담배연기를 날리며 혼자서 곧잘 중얼거리곤 했지. 통통나라 왕자님이건 초롱나라 공주님이건 가리지 않고 아이 이름을 '평화'라 지을 테다!

아들이면 통통 별에서 온 왕자님이고, 딸이면 초롱초롱한 초롱별에서 온 공주님일 거라고… 그래서 전우들은 자네 부친을 평화 아빠라고 부르며 놀려주곤 했다네.

나중에는 '평화의 아버지'라고, 모르는 사람들이 들으면 실로 어마어마하게 들릴 말로 바꿔 부르기도 하구.

(조각을 가리키며) 저걸 좀 보게나. 저 나뭇등걸에 쓴 글씨가 자네 아버지의 마지막 글씨일세. 고요하다! 고요하다… 총에 맞아 피를 콸콸 쏟으며 죽어가면서도 이 '고요하다'를 칼끝으로 기어이 다 썼지. 그러고 눈을 감으면서 자기 집 주소를 불러주며, 반드시 살아남아 전쟁이 끝나면 한번 찾아가 봐달라고 부탁했네. 자기 대신 아이의 이름을 평화라 지어주고, 그 평화의 얼굴을 보아달라고… 내가 고개를 끄덕여주자 신비하리만큼 평화로운 모습으로 숨을 거두고 말았어. 그 말이 결국 전우의 유언이 되고 말았지.

나는 함께 죽지 못하고 혼자 살아남은 게 부끄럽고 비겁한 것 같아 휴전이 되고도 왠지 자네 어머니를 찾아갈 용기가 나지 않았어. 난 두려웠다네. 직접 죽음을 전하는 일은 쉬운 게 아닐세. 생각보다 훨씬 어려웠어. 죽음은 더 이상 '존재하지 않음' 아닌가?

실종에는 엄연한 기다림이 존재하지만, 죽음에는 기다림이 존재하지 않으니까. 때론 걷잡을 수 없는 정열로 뜨겁게 불타올랐을 몸, 때론 깊은 밤이면 아름다운 욕망에 흠칫 떨던 몸, 그 생생한 피의 흐름이 영원히 멎어버렸단 말을 내가 어찌 할 수 있었겠는가! 몇 년을 벼르다가 용기를 내어 찾아갔을 땐 이미 자네 어머니는 이

사 가고 없었어.

아버지의 유언은 그렇게 되어 지키지 못하고 말았다네.
다 내 탓일세. 나는 그 동안 여러 번 수소문하여 찾아본
답시고 찾아보긴 했네만… 때때로 내가 얼마나 큰 불안
을 느꼈는지 아는가? 자네 아버지의 유언을 영영 전하
지 못한 채 미결인 채로 끝난다 생각하면 가슴이 터질
듯 답답했어.

그런데 뜻밖에도 이렇게 박평화 아닌 박명철군, 자네를
내 강의 시간에 만날 줄 뉘 알았겠나!

(무대 가운데로) 자네 아버지가 죽어가면서 비낀 저 글씨
를 찾느라 고생깨나 했네. 전쟁이 끝나고 제대하자마자
몇날며칠을 헤맸으니까. 그 옛 포성이 잠든 계곡은 세
상에 몸을 드러내는 게 부끄러웠던 모양일세. (분노에
차) 그럼 부끄럽지 않았겠나? 허다한 젊은 아들, 든든한
남편, 자상한 아버지의 피를 강요했으니 말이야. (진정
하여) 강원도 산을 온통 다 뒤지다시피 하여 기어이 찾
아냈을 때, 그 기쁨이란!

나는 정성들여 나무를 베어와 이렇게 훈장처럼 보관하
고 있다네. 나뭇등걸 위의 조각상을 서투나마 직접 제
작하고… 이 병사는 자네 아버지가 모델이야. 자네 아
버지의 모습이지. 아니, 바로 자네 아버지야! 살아있는
아버지라구!

(사이) 나는 이 조각상의 제목을 밑에 씌어 있는 대로

'에케호모'라고 붙여 봤네. '에케호모'란 저 유대 땅에서 본디오 빌라도가 가시관을 쓰고 유대인들 앞에 끌려나온 예수를 향해 한 말로, "자, 이 사람을 보라" 그런 뜻이지. 허지만 나의 이것은 그것과는 또 다른 의미의 에케호몰세!

명철 (조각상에 이끌리듯 다가가 어루만지며, 차오르는 격정을 누르듯 가만히) 아… 버… 지…? 아버… 지…? 아버지… 아버지라구! (돌아서며 혼잣말처럼) 그렇다면, 어머닌… 재혼해 살면서 지방으로 이사를 자주 하고… 그 사실을 철저하게 숨기기 위해 친척들과의 왕래도 끊고… 서울에서 공부시킨다는 구실로 숫제 외할머니께 맡겨 두었던가?

(고개를 세차게 저으며 대들 듯) 아니에요, 그럴 리가 없습니다! 교수님은 뭔가 잘못 생각하고 계십니다! 환상에 빠져계신 거라구요! 교수님의 조각품에다가 억지로 의미를 갖다 붙이시려고 저를 끌어들이지 마세요! 잘못 보셨습니다. 그럴 리가 없어요! (사이) 네, 좋습니다. 전화 좀 써도 되겠습니까?

교수 (안쓰러운 표정으로 전화를 권하듯─)

명철 지금 당장 어머니께 한 통화만 해보면 알 수 있는 일 아녜요? (전화 다이얼을 돌려) 어머니세요? 저예요. 급히 여쭤볼 게 있어서 전화 드렸어요. 저어, 아버지 말씀인데요, 아니, 그 이야기가 아니에요. 아직 용돈은 충분히 남았구요, 외할머니도 잘해주고 계세요. 그저 아버지 건강이 어떠신가 걱정이 되어서요. 환절기잖아요. (갈팡질팡하며) 그게 아니라 저, 실은 아버진… 우리 아버진… 아녜요. 갑자기 어머니 목소리가 듣고 싶어서요. 사고는 무슨… 걱정 마세요. 글쎄, 아무것도 아니라니까요. 아니… (별안간 결의를 번뜩이며 부르짖듯) 저, 어머니! 제 말 똑똑히 들으시고 사실대로 이야기해주세요! 속이시면 안 됩니다! 어머니! 제 친아버진 6·25 전쟁 때 돌아가셨다면서요? 전사하셨다면서요? 그렇습니까, 어머니? (전화가 순간적으로 끊겼는지, 곤혹스럽게 수화기를 노려보다가 내려놓고 다시 다이얼을, 냉정하게) 왜 전화를 끊으세요? 저도 이제 성인입니다. 진실을 밝혀주셔야죠. (사이) 아무 말씀을 못하시는 걸 보니, 틀림없군요. 그럼, 집에 계시는 아버진요? 그리고 보니 제가 커오면서 느낀 의혹이 한두 가지가 아니었어요. 고향사람 중에 누가 그러더군요. 전 믿지 않았어요. 난 믿고 싶지가 않았어요. 그러나 이젠 믿지 않을 수가 없어요. 아버지의 전사 통지서를 받고 마치 기다렸다는 듯이 제 돌도 안 되어 여학교 때 알고 지내던 남자와 살아왔다면서요? 제가 초등학교 입학할 때까지 혼인신고도 않고, 법적으론 전쟁미망인 행세를 하며… 왜, 재혼 신고를 하면 연금이 끊길까봐 섭이 나셨나요? (사이) 울기만 말고 뭐라고 말씀 좀 해보세요.

수화기를 놓고, 교수 곁으로 다가가며.

명 철   교수님, 아시는 대로 다 말씀해 주세요. 좀 더 자세히 알고 싶습니다. 듣고 싶습니다. 아버지께선 어떻게 돌아가셨습니까?

교수가 명철의 어깨에 팔을 얹고, 두 사람이 새로운 열망에 사로잡혀 함께 바라보는 그 시선이 에케호모상을 향하면, 천천히 암전되는데, 멀리서부터 들려오는 포탄소리.
에케호모상만 스포트라이트!
불빛 점점 사라지는 가운데⋯
한쪽에선 어머니가 동그란 조명 속에 드러나 전화를 끊고 허물어지듯.

어머니   너는 몰라, 이놈아! 네 아버지가 우리에게 어떻게 했는지⋯ 어떻게 뱃속에 든 자식과 아내를 두고 학도병으로 지원을 할 수 있니! 남들은 전쟁터에 안 가려고 돈 싸들고 대학생이 못돼서 난린 판국에, 역사의 한복판을 관통하고 싶다고? 이 땅의 젊은 지성인으로서 비극의 현장에 우뚝 서고 싶다고? 안일하게 책이나 읽고 있을 때가 아니라고? 비겁행위라고? 가족을 내팽개치고 어떻게 그런 무책임한 말을 내뱉으며 전쟁터로 달려갈 수 있단 말이니! 죽음의 구렁텅이, 사지로⋯ 지성인이라는 주제에 그 미친 싸움에 왜 휩쓸려? 우리 가족이 희생당해도 좋을 만큼 가치 있는 싸움인가? 누굴 위한 전쟁인데? 그것은 가족에 대한 배신이야! 네 아버지가 에미를 사랑하지 않았기 때문에 도망치는 것이라고밖에는 생각되지 않았어. 아버지는 끝끝내 달랑 전사통지서 한 장으로 돌아왔다.

에민 그 허망한 종이쪼가릴 인생을 찢듯 갈기갈기 찢어 날리며, 아버지에 대한 복수를 꿈꾸었다. 나는 역사라는 말만 들어도 구역질이 나. 네가 대학을 사학과로 지망했을 때 에미가 왜 그렇게 말렸는지 이제야 알겠니? 피는 못 속인다더니, 무섭긴 무섭더구나. 남자라면 역사니 현장을 들먹이기 전에 가족을 사랑하는 법을 배워야 한다. 에밀 만나자. 니가 누구한테 무슨 소리를 듣고 별안간 그러는진 모르지만, 에밀 만나 에미 말부터 들어봐. 그럼 이해할 게다.

크게 다가오는 전투비행기 소리와 포탄소리에 몸서리치는데, 암전.

암전 속에서도 폭격소리는 계속.

제3막

나무들이 자라는 풍경의 산으로, 전쟁터이다.

교수 연구실에 놓여 있는 나무 굵기와 똑같은 나무만 있으면 족하겠다. 나무 주변을 북돋아 풀이 자라는 언덕으로 손질하면 더욱 실감나고 좋겠지만. 거기에다 상반신은 흙에 파묻혀 보이지 않고 한쪽 다리만 드러난 시체도!

무대 새벽처럼 밝아지면, 낙오된 인민군 소년병이 따발총을 메고 기진맥진, 불안하고 허기진 모습으로 나타나 쓰러지듯 앉아서 추위와 공포에 떨며 숫제 어린애처럼 훌쩍인다.

관객의 동정을 살 만큼.

소년병 (울음을 삼키듯) 오마니, 추워, 배고파…

주위를 살피다가 시체를 발견하고 다가가 시체의 호주머니를 허겁지겁 뒤진다.

건빵 부스러기라도 나오는지, 입이 미어지도록 쑤셔 넣는다. 목이 막혀 캑캑거린다. 버려진 깡통을 주워 목말라 헤매다가 도저히 못 참겠다는 듯 돌아서더니 오줌을 받아 마신다. 그러고 나서 크게 울리는 포탄소리는 아랑곳없이 앉아서 꾸벅꾸

벅 조는데 병사1,2가 힘겹게 능선을 넘어온다.

병사1의 어깨에 거꾸로 멘 총구에는 이름 모를 꽃이 꽂혀 있다. 전체적인 복장이나 분위기가 전형적인 낙오병으로서 퍽 희화적.

걸음이 멈칫, 긴장하여 굳어진다. 졸고 있는 소년병을 발견하자 총구의 꽃을 빼고 사격 자세를 기민하게 취하여 전우에게 귓속말로.

병사1 쉬이잇… 저어기… 나무 뒤에 한 놈이 쓰러져 자고 있어.

병사2 옳거니! 이땐 피아간에 먼저 발견하는 쪽이 임자야. 뒤에 보는 쪽이 죽는 거라구.

병사1 이제 저 녀석은 꼼짝없이 잡혔어. 이이병은 여기서 사주경계나 하고 있으라구! 근방에 동료가 더 있을지도 모르니까. 내가 저 친구를 무장해제시키고 생포할게!

병사2 알았어! 조심해!

병사2가 사주경계 자세를 취하면, 병사1은 나무 뒤로 살금살금 다가가 귀청이 떨어지랍시고―

병사1 꼼짝 마! 손들엇! 손들라구!

소년병이 벌떡 일어나 엉겁결에 총과 함께 두 손을 번쩍―

병사1　총 이리 내놧! 동작이 마음에 안 들면 쏴 버리겠어! 어서!

소년병이 부들부들 떨며 총을 던진다.

병사1　그래, 좋아. 따발총이구먼.

던진 총을 발로 멀찌감치 밀치고.

병사1　손 더 올려. 혼잔가? 혼자서 낙오됐어?

고갤 끄덕이는 소년병.

병사1　자네나 우리나 고달픈 낙오병 신세긴 매한가지군그래. 어이, 이이병, 그냥 이리 와봐. 혼자래.
병사2　혼자래?
병사1　응.

병사2가 다가오며.

병사2　하하, 이 녀석 잘 잡혔다! 야, 너 먹을 거 갖고 있는 것 좀 있어? 응?

벙어리처럼 고개만 가로젓는다.

병사1 우리말 못해? 중공군?

여전히 고갯짓…

병사2 이 자식 머리는 자동인가? 야 인마, 언제까지 계속 흔들고만 있을 거야?

병사1 알았어, 알았다구. 중공 오랑캐가 아니란 말이지? 한민족인 인민군이란 말씀이렸다?

병사2 얌마, 아무려면 우리가 중공군 인민군도 구분 못할 줄 알아?

병사1 니네들이 아무리 한통속 빨갱이들이라지만… 제에길, 이이병, 이 친구도 우리처럼 배고플 텐데 총알이나 실컷 포식시키고 우리 둘이 맹수처럼 달려들어 심장을 파먹고 마포 돼지갈비 뜯듯 뜯어먹을까? 이이병 고향이 마포 나루터 옆이랬던가?

병사2 마포 갈비, 좋지. 배고파 죽을 판에 뭔들 못 잡숩겠나?

병사1 (슬슬 어르듯) 이때 아니면 언제 사람고기 한번 먹어보겠느냐구! 명분도 좋잖은가. 하늘 아래 고기 맛 중에서 인고기가 그중 맛있다던데… 어때, 이이병? 자네는 교수가 꿈이니까 학생들에게 가르치려면 온갖 경험을 다 겪어봐야지.

병사2 아, 물론이지. 하이고, 저 붉은 군대 양반 거동 줌 보소. 복날에 발 묶여 나무에 매달린 개상이구먼. 어린 게 사색이 다 되어가지고…

병사1 그런 간뎅이로 무슨 놈의 전쟁을 하러 나왔을꼬. 야, 인마, 아무려면 사람이 사람을 잡아먹을까. 우리가 무슨 식인종이냐?

병사2 야, 농담도 못하니, 농담도 못해?

병사1 난 이래봬도 크리스천이야. 예수님을 믿는 사람이라구! 자, 보겠어? (목에 건 나무 십자 목걸이를 꺼내 보이며) 보라구! (목걸이를 집어넣고) 하여튼 배고파서 무얼 줌 먹긴 먹어야겠는데…

병사2 내가 주변을 한 바퀴 돌아보겠네.

병사1 그래주겠어? 그럼, 자네가 한번 돌아다녀 봐. 포탄 맞고 죽은 짐승 뒷다리라도 걸려들지 누가 알어?

병사2 (시체를 발견하고 반색하며) 저게 뭐야! 진짜 짐승의 뒷다린가?

다가가 사람의 것임을 확인하고 놀라서 뒷걸음.

병사2 사람 시체군. 가족들이 저 모습을 보면…

다시 다가가 주머니를 뒤져보고 실망하여.

병사2   (손바닥을 탈탈 털며) 깨끗하군, 깨끗해.

소년병   (지레 겁먹고 찔끔, 고개를 돌려 아무도 안 보게 입을 얼른 닦는다)

병사2   (퇴장하며) 아무래도 내가 한 바퀴 돌아봐야겠구먼, 이거.

병사1   조심해. 이이병! 또 어느 구석에 숨어 있을지 모르잖어? 공산군 패잔병들이 좀 많아야지 말씀이야.

병사2   걱정 말게. 멀리 안 갈 테니까. 그놈이나 잘 감시해!

병사1은 병사2가 퇴장하자, 포로를 볼수록 신기하다는 듯 가만히 바라본다.

소년병은 그럴수록 더욱 겁에 질려 웅크리고 금세라도 울음을 터뜨릴 듯 부들부들… 연민의 정을 느껴.

병사1   넌 도대체 몇 살이야? 총 쏠 줄은 알아? 거참, 되게 형편없이 어려 보이는군… 어린 것이 어떻게 겁도 없이 전쟁터에 뛰어들었어? 동네에서 딱총으로 전쟁놀이나 했으면 딱 어울릴 친구가 어른들의 진짜배기 전쟁놀음에 끼어들었으니… 그래, 고향은 어디야?

소년병   (들릴락 말락) 북청…

병사1   함경도 북청? 북청 물장수로 유명한 그 북청 말이지?

소년병   (고개를 끄덕인다)

병사1   그래, 니 아버지가 북청 물장수냐?

소년병 농사를… 짓디요.

병사1 나도 농사꾼의 아들이지… 내 고향 남쪽에는 지금쯤… 추수라고 거둬들일 농사는 지었는지. 에이그, 전쟁귀신이 거기라고 온전하게 내버려둘 리 있을까? 그러고 보니, 추석이 내일모레 아닌가? 북청에서도 추석이면 햅쌀로 송편을 만들어 차례 상에 올리나?

소년병 조상님한테 성묘할 때도 갖고 가디요.

병사1 물론 마을 처녀총각들이 모여 그네도 타고, 씨름도 하겠지?

소년병 술내기, 음식내기로 많이많이 합네다.

병사1 더도 말고 덜도 말고 한가위만큼이라고, 이 나라 어디를 가나 인심과 풍류가 넘쳤지. 중추가절이 아닌가. 우리가 어쩌다가… 야아, 이까짓 총, (총을 던지고 편안히 앉으며) 쇠붙이 따위는 치워버리고, 어디 맨몸으로 이야기나 좀 해 보자. 아무리 생각해도 어처구니가 없다구. 우리가 왜 같은 민족끼리 싸워야 하는지 말이야.

소년병 나도 모르겠수다레.

병사1 순순히 말만 잘 들으면, 우린 너를 죽이지 않겠어. 내 전우가 먹을 것을 구해오면 너에게도 나눠줄 테고. 그 대신 동족의 이름으로 약속해야 해. 약속할 수 있어?

소년병 …?

병사1 이렇게 앉아 있을 때, 외적 오랑캐 한 명이라도 지나가면 힘을 합쳐서 싸우잔 말이야!

소년병 (고개로 동의를)

병사1 짜이식, 이제야 뭔가 좀 통하는 것 같군. 이것 받아. (자신의 목걸이를 풀어 상대방에게 걸어준다) 이건 내가 너한테 특별히 주는 선물이야. 늘 목에 걸고 다녀. 너가 이 전쟁에서 무사히 살아남아 부모님 곁으로 돌아갈 수 있도록 지켜줄 거야. 자, 내 정표도 주었으니 우리끼리라도 같은 민족의 자존심을 되찾고 통일을 다져보자구. 내 말, 알았지? 너도 우리나라가 통일되는 게 좋지?

소년병 (고개만 끄덕끄덕)

병사1 통일은 이런 작은 것부터 시작되는 거야. 그러니 너와 나! 둘이 하나가 되어 이 순간부터라도 작은 통일을 이루어 보는 거야. 좁은 땅에서 동족끼리 총부리를 들이대다니 말도 안 돼. 우리는 한 핏줄을 이어받은 형제야. 우리가 싸워야 할 상대는 우리가 아니란 말이야. 이때 오랑캐가 한번쯤 지나가야 정말 멋진 남북통일이 될 텐데! (실험이라도 하듯 갑자기 엎드려 총을 쏘듯) 탱야, 탱야, 탱야… 와, 이리 와, 가까이 와! 와! 총 잡아! 어서! (다가온 소년병과 나란히 앉아, 총을 들어 무릎쏴자세로) 좋았어. 하나의 총으로 둘이 함께 겨냥하고 방아쇠를 당겨보자! (소년병이 명령에 따르듯 기계적으로 응한다) 좋아, 좋아, 됐어. (총 하나로, 소년병과 함께 총구를 멀리 겨냥하며) 그래, 바로 이거야! 우리 둘이서 외적 오랑캐들에게 총을 겨냥하고 쏘아보자구. 이 얼마나 보기 좋냐구. 이것이

바로 통일, 통일이야, 통일! (흥분에 못 이겨 총도 놓고 손이 머리 위로 올라간다)

병사1 만세, 만세, 만세! 하하하… 통일만세… 하하…

소년병이 본능적으로 갑자기 총을 주워들고 벌벌 떨며 병사1을 겨냥한다.
병사1은 맘껏 쳐들었던 두 손을 내리지 못하고 한 발짝 물러서며 소년병을 안타까이─

병사1 아니, 지금 뭘 하는 게야! 방금 약속했잖나! 우린 하나라구! 우린 이제 적이 아니잖아! 그렇게 통일하기로 맹세했잖어! 통일했잖어! 만세까지 불렀잖어! 내 전우, 이이 병이 곧 올 거야. 그 총부리를 치워! 외적 오랑캐들을 향해 함께 쏘자고 약속한 총인데 이러면 쓰나. 이러면 나 죽고 너 죽고, 우리 둘 다 죽어. 지금이라도 늦지 않으니 총구를 내리고 아무 일도 없었던 걸로 하자구, 응?

소년병은 이미 저질러진 일을 이러지도 저러지도 못하고 차라리 숫제 울상이다.

병사1 이러니까 우리나라가 남북통일이 안 되는 거야. 우리끼리, 정말, 왜 이래…

소년병이 스스로에 대한 위기감에 당장이라도 방아쇠를 당길 듯 위협하자 다급하여.

병사1   아니, 정말 쏠 테야? 안 돼! 쏘지 마! 쏘면 안 돼! 영원히 민족끼리 개돼지처럼 싸울 거야? 넌 너무 어려! 아직도 모르는 게 더 많잖아? 내 동생 같아서 하는 말이야. 네가 만약 남쪽에서 태어났다면 너도 나랑 같이 국군이 되었을 거야. 단지 북쪽에 태어났기 때문에 붉은 군대가 된 거야. 그건 네 잘못이 아냐. 난 널 죽일 수도 있었어. (뒷걸음치며) 제발, 제발⋯ 쏘지 마! 내가 죽는 게 억울해서가 아냐! 우리가 둘이서 이룩한 통일의 신화, 그 신뢰의 파괴, 신뢰의 파괴가 두려울 뿐이야.

단발의 총성.
총에 맞아 쓰러지는 병사1.
소년병도 엉겁결인 양 자신이 쏜 총소리에 놀란 듯 당황하여 어쩔 줄 모르다가 신음인지 울음인지 짧게 토하며 도망.
퇴장.
연이어 무대 뒤에서 두 발의 총성.

소년병   (처절한 비명소리와 함께) 아악, 인민공화국 만세! 수령님 만세!

병사, 꿈틀거리며 일어나 총을 가까스로 찾아 쥐고 신음하면서 포복하듯 나무쪽으로 간신히 기어가 몸을 기대는데 이이병이 달려와.

병사2　박이병! 박이병! 어쩌다가…

병사1　오, 이이병, 왔구나. 인민군, 그 어린놈이 글쎄, 나를… 이렇게 만들어놓고 도망쳤어.

병사2　그놈은 내가 처치해 버렸어!

병사1　면목 없네. 내가 천지바보 짓을… 우리끼리 손잡자던… 그런 것이… 그래, 난 어쩌면 싸구려 감상주의자인지도 몰라!

병사2　왜 그런 바보 같은 짓을… 전쟁터에서 센티멘털은 금물이란 걸 왜 잊었어?

병사1　내가 당해도 싸지. 전쟁에선 오직 한 가지, 적을 죽이지 못하면 내가 죽는다… 이이병, 나 같은 실수 저지르지 말고 악착같이 살아남아, 어떡해서든 고향으로 돌아가야 해. 그래서 훌륭한 교수님이 되어야지.

병사2　박이병! 박이병, 정신 차려. 박이병.

병사1　이이병, 시간이 나면 내 고향으로도 한번쯤 찾아가 이 죽음의 계절인 전쟁 통에서도 새로 태어날 내 자식놈에게 평화라는 이름을 애비의 선물로… 경남 고성군 거류면 거산리 211번지… 그런데 왜 이렇게도 조용한가? 나는 이렇게 죽어 가는데 오늘 전선의 새벽은 너무나 조

용하구나. 고요하구나. 이이병, 고함이라도 한번 질러
주게. 부탁이야. 아무 소리라도 좋네. 큰 소리로 아무렇
게나 외쳐 주게.

혼신의 힘으로 나무에 다가가 비껴 써서, 낙서한다. 대검 칼
끝으로—
'고—' 글씨를 쓰는 동작과 동시에 군대 취침 나팔소리인 예
의 그 '밤하늘의 트럼펫'이 배경음으로 깔리고 이열 시인의
'고요하다' 발췌 낭송.

포탄에 벗겨진 나무에 병사가 칼끝으로 낙서를 하였다.

〈고요하다〉

태초부터 쌓이고 쌓인
산울림
산벼랑을 가로질러
가파르게 찢겨나간
여기 해발 천오백미터 고지

초연이 스쳐간 골마다
값싼 보람이 풀잎을 흔든다.

저 녹 슬은 철모는
향수를 문지른 피비린 자국인가.

사람은 사람끼리, 짐승은 짐승끼리
마주 선 언덕과 기슭과
들 끝과 강가에서
외로운 조국은 방황하였다.

여기는 중동부
옛적 비바람과 번갯불에 패인 계곡.
잎이 다시 피지 않는 고목의,
연륜이 멍이 진 피부에
서투른 한글의 상채기.
떠나가선 영 오지 않는
병사의 비명.
고지와 고지로 에워싸인
창세기의 놀이 비낀
삽화가 눈부시게 퍼져 온다.

시 낭송이 끝나는 시간과 '고–요–하–다' 글씨 끝나는 시간이
같다.
병사1은 글씨를 가까스로 다 비껴쓰고 무너지듯 숨을 거둔다.
병사2가 끝까지 지켜보는 가운데, 마지막 그의 품에 안겨서…

병사2   (끌어안고) 박이병, 박이병!

암전.

제 4 막

최초의 무대인 의무과로 돌아와서.

명 철 (회상에서 깨어나듯) 군의관님… 저는 아버님의 마지막
전우이신 이교수님을 만나, 아버님의 최후에 대한 이야
기를 들은 다음 일요일, 이교수님과 함께 아버님이 전
사하신 그곳을 찾아갔습니다. 나름대로 잠시나마 통일
을 이룩했다고 믿었던 아버지의 그 땅… 아버지의 거룩
한 땅으로 말입니다. 그 땅, 그 산은, 다행히 강원도 중
에서도 휴전선 훨씬 이남이었습니다. 이교수님이 아버
님께서 돌아가시면서 '고요하다'라고 대검 끝으로 낙
서한 나무를 베어왔기 때문에 그 자리엔 나무 그루터기
만 남아 있었습니다.

댓 뼘 남은 나무 그루터기에는 아버지의 성명과 출신
도, 전사한 날짜가 씌어 있었습니다. 그리고 간단한 시
구도 보였습니다. 그야말로 비목이었지요.

그루터기를 중심으로 돌담을 정성들여 쌓아 놓았더군
요. 그리고 돌담엔 철쭉꽃이 활짝 피어 있었습니다. 저
는 그때 똑똑히 보았습니다. 아버지의 바로 그 나무 그
루터기에 어디서 날아왔는지, 난데없는 한 마리의 이름

모를 나비가, 앙증맞도록 작은 노란 나비가 가만히 날
개를 접고 앉는 것을!

잠시 후 나비는 다시 날아 이교수님의 어깨에 앉았습니
다. 그리고 다음에는 제 어깨와 머리에… 나비는 그렇
게 우리 주변을 떠날 줄 몰랐습니다. 마치 아버지의 영
혼이 저를 맞이해주는 것 같았습니다. 처음 찾아온 아
들의 얼굴을 쓰다듬고, 어깨와 머리를 어루만져 주시
고… 그런데 그때 그 나비가, 바로 그 나비가…

군의관   바로 그 나비가 오늘 사격장에서도… 오늘 사격장에서
도, 가늠대 위에 사뿐히 앉는 나비를 보는 순간 아버지
를 생각했단 말이지? 아버지 생각에 젖어, 아버지 생각
만을 좇다가 조교의 발길질에 자신도 모르게 방아쇠를
당겼고… 알았어. 이제야 나비의 비밀이 밝혀졌군! (밖
을 향해) 당번!

당번병   (큰 소리로 대답하며 들어온다) 네!

명 철   (광기를 보이며) 아닙니다… 아닙니다… 모르겠습니다.
전 아무것도 모르겠습니다. 뭐가 뭔지, 어떻게 된 건지
저도 모르겠습니다. 그러나 제가 쏜 총에 최하사님이
맞은 것만은 확실하지 않습니까? 저는 한시라도 빨리
감옥에 가고 싶습니다. 감옥에는 나비가 찾아올 수 없
을 테니까요!

군의관   거기엔 나비가 더 많을 수 있어. 자네가 가는 곳이면 어
디든 따라다니지. 항상! 지금도 눈앞에 나비가 아른거

리지? 눈을 감아도 보이고!

명 철 눈을 감으면 한두 마리가 아닌, 숫제 떼 지어 날아오릅니다. 밤이면 밤마다, 꿈이면 꿈마다 나비 떼의 환상에서 저는 벗어날 수 없어요. 저는 정말 나비병 환잔가 봅니다!

군의관 맞았어. 자네는 나비병 환자야! 환자는 치료를 받아야돼. 자넨 영창보다도 후송이 더 급해!

군의관이 당번병에게 데리고 나가라고 시선을 준다.

당번병이 명철을 데리고 퇴장하자, 군의관은 막 어려운 수술을 끝낸 의사처럼 피곤한 모습으로 의자에 앉아 바삐 소견서 서류를 정리한다. 그러다가 문득 무언가를 그리워하듯 고개를 들고 먼 곳을 바라본다.

군의관의 그 표정이 명철이 나간 쪽을 향하며 점점 고뇌에 잠기는데, 어둠이 내리면—

교수가 어루만지고 있는 에케호모상이 꿈결처럼 아련히 살아났다가 꺼져 간다.

막.

한국 희곡 명작선 08

에케호모

초판 1쇄 인쇄일   2019년 1월 16일
초판 1쇄 발행일   2019년 1월 25일

지 은 이   최송림
만 든 이   이정옥
만 든 곳   평민사
           서울시 은평구 수색로 340 [202호]
           전화: (02) 375-8571(代)
           팩스: (02) 375-8573
           http://blog.naver.com/pyung1976
           이메일 pyung1976@naver.com
등록번호   제251-2015-000102호
 정 가   6,000원

※ 이 책은 사단법인 한국극작가협회가 한국문화예술위
  2019년 제2회 극작엑스포 지원금을 받아 출간하였습니다.